SAVEUR DE MES LARMES

Merveille MBIP

SAVEUR DE MES LARMES

Préface de Marie-Leontine Tsibinda Bilombo

Postface d'Armand Henri-Gelase Bouckethy

Recueil dédié à:

Albertine MBOMBI

Jacqueline BONDO

Paul NIAMBA

Pour la vie, l'instruction et l'éducation.

Abel GOUSSEINE

Aminata BOCOUM

Charles THOMBET

Olivier Essai KOMBO

Pour l'encadrement, l'amitié et l'amour.

Diaf BIKRIYAN

Grâce Lamar (Mec handicapé)

Henri Gélase Armand BOUCKETY

Marie Léontine TSIBINDA BILOMBO

Pour leur disponibilité et leur contribution.

Robert Célestin MOMBOULI

Pour tout ce qui lui revient.

« Les larmes sont la pluie de l'âme. Elle lave toutes les crasses »

Henri Gougand

Bélibaste

Les larmes de l'espérance

Nous pleurons tous, de bonheur, de joie ou de tristesse, le jour, la nuit. Sous le soleil, la pluie. Rien à redire à ce sujet. L'enfant qui nait pleure tout comme l'enfant qui a faim, et pour qui vivre devient une gageure au fil des jours. Cette envie inaltérable de vivre nous saisit et nous lance un défi qui nous appelle au combat, à la patience, à l'espérance.

Ainsi est *Saveur de mes larmes*, ce recueil de Merveille MBIP qui est comme une ombre, un souffle, invisible mais qui nous enveloppe, tant il nous apporte des larmes à n'en plus finir. Des larmes brûlantes et salées au goût rempli d'amertume. La lecture du recueil se fait sur un sentier de questions inévitables qui traversent le cœur sentimental des textes. Une profonde tristesse nous conduit vers un univers paralysé qui ne laisse aucun signe d'espoir puisque rien ne nous console, tout se casse : « *Aux cadences paralysées et mornes où les flux se placent/Et infiltrent l'embrun. /Toutes choses se cassent* » L'auteure est comme paralysée tant le sens de la vie, sa vie s'effiloche comme une natte qui perd sa jeunesse dans les jours qui vont et viennent sans se ressembler. L'écho résonne triste dans le cœur de l'auteur car « *J'escalade la vie et je fais du surplace* », nous dit-elle. Et si même elle ose se donner de l'espoir comme elle le souligne, sa vie se brise aux confins de l'irréel comme une âme qui se noie : « *J'avance sans y croire en embarquant pour unique âme/Le bruit des mers, la saveur de mes larmes… »*

Dans le texte *Lueur incontinente*, l'auteure évoque, nostalgique, des moments précieux qu'elle garde jalousement enfouis dans son cœur : « *Je chérissais tant ce rayon que je peine à contenir/Ces moments d'abondance lorsque tu voulus me découvrir* » Mais que nous apprennent ces moments quand les nuits, propices aux instants heureux où les êtres peuvent profiter de la douceur de la lune ou de la fraîcheur du temps apparaissent pour Merveille MBIP comme un ciel de questionnements, d'incertitudes qui ne fleurissent pas ! Elle est une ombre invisible : « *Traverserons-nous sains sur ces chemins de croix/Où tous nous désâmons. Nul ne nous voit* » Une soif éperdue d'amour frémit en elle. Mais que signifie l'amour quand en elle aucune assurance ne luit à l'horizon ? *« Lui dirons-nous amour, nous te procurons notre avenir... »* L'amour semble un paradis lointain.

Prisonnière, comme dans l'un de ses textes, Merveille MBIP nous promène dans le monde de son identité insaisissable. Comment la choisir, la retrouver et la garder ? Appartiendrait-elle au monde fragile des papillons ? Ou encore entre celui éblouissant de la lumière de l'aurore ou du temps de l'âge ? Amère, elle constate : *« Je ne suis pas d'ici, je viens d'ailleurs, d'une planète lointaine/Composée de vents stellaires où vadrouille l'air/Je suis venue de l'air dans un espace d'intempéries/Sur terre, j'ai vécu d'une existence rébarbative »* La vie n'a pas été un gâteau fondant. La tendresse un mot glissant dans les méandres de nos âmes…

À l'amour, à la solitude, s'invite la violence dans les points de la vie, on entend durement et froidement *« Des hurlements et des incursions/Des trombes de munitions...Des alliés, des frères/Se massacrent et succombent »* comme le décrit l'auteure dans le texte *L'acmé de l'abîme.*

L'amour fraternel a baissé d'intensité et se réchauffe aux ailes du *Bouquet de souffrance* où volent et virevoltent timides et fragiles *« Certains lépidoptères crayeux et c'est déjà le crépuscule/Un autre bouquet de souffrance, une autre sentence de toi/D'emblée nette, avérée puis que l'on omettra/D'abord un lépidoptère, puis des multitudes de phalènes /Ils expirent dans nos bras et inondent la pénéplaine... »*

Quelle espérance portent-ils ?

Dans Saveur *de mes larmes* s'entend la brûlure de l'urgence de vivre, la résurgence du flot de la vie, *« Parce que vivre est l'esthétique du monde »* Vivre pour soi, pour les autres, vivre avec les autres. L'espoir est permis comme nous dit le texte ci-dessous cité :

Résurgence

La voûte était ravissante et la beige accrue

Parmi certains morceaux d'herbe était mon absolu

J'observais les flux empoigner les radeaux

Empoigner les argonautes et les amours sans mots

Enfin l'existence paraissait dénicher entre les lames

Cet ordre qui finalement peut anéantir les larmes...

Marie-Léontine Tsibinda Bilombo

LUEUR INCONTINENTE

Les bouquets sont altérés, mes mirettes décaties

Des appréhensions fortuites se brutalisent sur ma vie

Je chérissais tant ce rayon que je peine à contenir

Ces moments d'abondance lorsque tu voulus me découvrir

Je chérissais tellement ce rayon, placide et torride soutien

Lorsqu'au-dessus du vide ; luisait d'or un soleil…

FLAGRANCE D'AGONIE

La vue dans l'azur souverain

J'espionne les sternes

En tenant au bas-fond de moi

Cette ferveur qui les brûle

J'observe ce lierre empressement

Cette flagrance d'agonie

Tel un oiseau planant

Sur une terre sous mutisme…

DESCENDANTS DES NUITS D'INCERTITUDE

Où nous aventurerons-nous descendants des nuits d'incertitude

Rivalisant contre la brise qui convoite nos préludes

Traverserons-nous sains sur ces chemins de croix

Où tous nous *désâmons*. Nul ne nous voit

Apercevrons-nous au loin le poucier soyeux

Qui constelle notre cœur d'un pétale lumineux ?

Lui dirons-nous amour, Nous te procurons notre avenir

Puis tels des aigles prétentieux atteindrons-nous le paradis ?

PRISONNIÈRE

Devrais-je choisir entre les rainures

Des rémanences immémoriales et les lépidoptères ?

Devrais-je choisir entre l'aurore et l'âge

La plénitude et la familiarité avec les nuages ?

Sur terre, ne fouillez pas ma vigueur

Otage d'oisellerie. Posez les yeux en l'air

Je ne suis pas d'ici, je viens d'ailleurs, d'une planète lointaine

Composée de vents stellaires où vadrouille l'air

Je suis venue de l'air dans un espace d'intempéries

Sur terre, j'ai vécu d'une existence rébarbative

Certains cœurs diligents m'ont tendu la main

Je les ai chéris, je retourne au loin…

JEUX INTANGIBLES

Le vaste néant truffé par l'honorable reine

Astres avez-vous décampé, désespéré ou à peine ?

À l'abysse d'une âme si fragile ; on aurait dit l'aphasie

Vous couvrez ma vie dans l'irréelle amnésie

Étoiles consternées; remarquez-vous ce que je deviens?

Je vivifie mes sanglots à vos endroits immortels

À vos compétitions impalpables

Pourquoi suis-je votive ?

Puis ne Rêvé-je au soulagement lorsque tout d'ailleurs m'en enlève ?

Permettez-moi oiseaux regards admirer vos saphirs

Puis examinez mon cœur, parce que nous allons périr

Fractionnons cet instant ; consumés épars

On peut se sourire. Les immortels auraient pu croire…

VASTE ERRANCE

Qu'avons-nous fait de notre adolescence

Lorsque nous retournons ordures

Frères, qu'il est ailleurs cet instant

Venu de nos habits fanaux

Qu'il est ailleurs le charmant lac

Dont les divinités annonçaient la limite

Aux gamins qui s'y plongeaient dévêtus

Contents. Qu'il fut énergique

Ce fanal, ô grande aventure !

Où dorénavant l'ombre vadrouille

Certains gamètes obscurs qui s'évertuent

À ternir cette houle.

MORCEAU D'ÉMAUX

Sans pourtant que rien n'observe l'éclat blafard

Que conserve, en nous regardant périr, ton cadavre

Sans pourtant que rien ne connaisse combien la planète

Dans laquelle cohabitent un rêve et une corruption répugnante

Dans ce monde ta chair abattue empoigne le sépulcre

J'envie les cailloux et les bouquets qui dans le chut

Loin de moi transportent tout ce qui t'apparente

À l'exclusion d'un morceau d'émaux noué pour qui je palpite…

CONDAMNATION

J'ai l'énergie combattante. En moi un dieu d'orage

A des compétitions d'alternance que rien ne disculpe

Il crépite. C'est un abîme. Dans ma chair blasée

Ces moments d'exaspération où tout a l'air d'immerger

J'ai une tombe fougueuse. De ces cieux farcis d'uranium

Où au Suprême je demande pourquoi suis-je Homme

Dans ce gauchissement dans lequel vocifère mon âme d'anatidés

À mon arrière-train s'embrasent la tempête et la calamité

À la résurgence du pré, laissez-moi renaître

À mon éclat puéril, avant de disparaître…

RÊVES ORPHELINS

Mon éternelle existence repart dans le vide

L'indicible tourment s'est présentement éloigné

Tu n'es pas revenu sur ma stèle

Cette contrition est un grimage pour l'innocente tourterelle

Les bouquets ne sont pas ceux qu'on assassine pour les défunts

Ils sont libres et magnifiques au pied d'une érablière

Et polis de sang, dans l'enfer d'airain

C'est avec le faîte des rêves désertés que je parle…

MON FLAMBEAU

Afin de me soustraire à l'aigreur

À la cruauté et à l'altération

Sous le faix des fers, aux ordures

Qui se gonflent de son appellation

J'ai émigré vers la lumière

Vers le jour à l'horizon

Si je sonde le désert

Ces endroits bénis d'Amon

C'est qu'en moi respire le fleuve

Respire l'océan ; aucune forteresse

N'a idée de combien je suis infatuée

J'ai pour flambeau l'univers…

DES RÊVES ET DU TEMPS

J'ai miré des bouquets de magnolia
Au milieu du trouble et de l'univers
J'ai miré des laures qui semblaient
Désirer l'amour autant que toi

J'ai suivi des talus ouverts
Sacrifié le strict et le défaillant
Convoyé les influx d'air
Je n'ai eu que des rêves et du temps

Ô qu'il est novice; qu'il est imposteur!
L'univers qui pour moi se rallonge
J'ai cru t'apercevoir écrasant des pierres
Je n'avais que des rêves et du temps

Pour toi, il représente une chandelle
Ce torrent, cette piste exsangue
Entre toi et la détenue de ton manège
Qui a écrasé l'autre préalablement ?

Ô qu'il est charmant, qu'il est imposteur!
Qui de vous deux escompte ?
Ne me scrute pas. J'espère
Nous n'avons que des rêves et du temps…

TEMPS GRIS

L'antipathie est à nos palissades et toi, tu possèdes la clef

Aux signaux de ces troupes, vas-tu t'en aller ou demeurer ?

L'antipathie est à nos palissades. Et le peuple se trépigne

La conscience et l'amour ; essences qu'on extermine

Le sang est à l'orée. Chavire dans ta chambre

Sur le jaspe « grisaille », une créature chante ton nom

Une pipe à la main, les yeux dans la brume

Un tableau de *Mec Handicapé* obstrue ta vue…

Merveille MBIP

SOLEIL DES LOUPS SEMPITERNELS

Dans le ciel Empyréen, dentine éblouissante et incolore

Le soleil des loups admire cet univers que j'adore

L'aube scandée des ténèbres

Nous, étendus et ceints par les herbes

Ô soleil des loups sempiternels, vois-tu comme je meurs

Sous le faix de l'illusion qu'en moi j'arbore ?

Prouve, toi seul, dans l'indéchiffrable méandre

Du regard de celui qu'a suscité la pénombre…

SAVEUR DE MES LARMES

Aux cadences paralysées et mornes

Où les flux se placent et infiltrent l'embrun,

Toutes choses se cassent

Entre toutes les diaprures émoustillées de la lune sur l'océan

Dans leur apparence ondée, et pas un instant

Je ne suis et j'avance identique aux eaux éparses

J'escalade la vie et je fais du surplace

J'avance sans y croire en embarquant pour unique âme

La tunique des déplaisirs et la saveur de mes larmes…

Merveille MBIP

SANGLOTS DES FEUILLES

Sur les sentiers émoustillés de l'arrière-saison

Les mares font des bouquets inconsistants

Qu'elles sont adorables ces douceurs

Où toute aspersion a son précurseur

Et pendant que la forêt s'endeuille

Mes mirettes ont les sanglots des feuilles…

SOUS LA BRUME

Mon tourment est semblable à un sunlight

Qui séduit l'ondée

Les nefs venues me visiter

Sont au seuil de leur noyade

Une sibylle harassée

Batifole au bord du rocher

Désirant abriter les noyés

Pour les engloutir dans ses crochets

Un sénile agrès étripé

Dans lequel les fantômes se vautrent

Déchus soignent le secret

D'un aristocrate et de sa Rose

Comment sur cette délicate lagune

Tout ceci a pu

Changer conséquemment que tu

Ne surnages plus dans la brume

Mon tourment est semblable à un sunlight

Qui ne certifie plus rien

Il n'y a que ton regard

Qui peut épargner celui qui vient…

ARDEURS TRANSITOIRES

J'amasse ces astres qui importent à ta vue

Ces étoiles engendrées certainement par les démiurges

Entre leur amplitude, orpheline, sans borne

Il y a ma protectrice, celle que tu implores

Moi qui n'en sais rien aux pléiades

Mon effigie ne connait rien de ton enthousiasme

Ô joyau des hirondelles ! Je voudrais tantôt

Trésor dans cet univers ; être pour toi un météore

Mais, je meurs aux bouquets qui échouent sous l'éther

Toi seul, arroses ces transitoires ardeurs…

CIRCONVOLUTION

J'ai pédalé après des élucubrations aussi loin que l'aurore tambourinait

J'ai infiltré tellement d'ergs que je ne puis plus les évaluer

Je suis dorénavant hors saison et j'ignore le repos

Je franchis ce panorama où les corps s'effondrent sans un mot

Urbi et orbi j'observe-Démence! - me graille l'âge qui n'a pas cours

Urbi et orbi j'observe - Démence ! - et l'âge court sans retour

Ces endroits où j'étais sont des âges, et tout à ma circonvolution se tare

Je suis l'outrancière et je le sais, la bruine ourdit sous le tonnerre…

Merveille MBIP

GOUFFRE FUYARD

Je refuse de sombrer dans l'abysse de mes linceuls exsangues

Puis ne rien distinguer que ton aspect défaillant

Je refuse de moisir à l'enclin de mon sépulcre

Puis vivre à en pâtir, parce que tes lèvres m'embrument

Je ne tolère plus mes rêves ensevelisseurs,

Le gouffre fuyard de ta pommette sur mon cœur…

FROIDEUR

Alors que j'agonise de froid

Observant la lande glacée

Je tergiverse, j'aboie

Laissant le froid m'effacer

Mon idéal fut ton sourire

Ton énergie qui retenait la mienne

Non ! Tu ne vas pas t'éteindre

Perfusé par l'énergie de mon amour

À L'ARRIÈRE-PLAN D'UNE TOILE

Il n'y a rien que la sagesse ne puisse soigner

À chacun son bagne, ma gracieuse araignée

À chacun l'obstination d'être unique

De moissonner des instants comme l'abeille

Pourtant à l'arrière-plan des toiles s'est étrillé le cliché

De nos écrins et de nos indignités

Toi qui, de l'abysse des tombes viles connais

La méprise, de nos frivoles amulettes

N'aie pas crainte des humains mon amie

Lorsque tu m'escortes, cette fatalité devient peu livide

Éventuellement, il est possible de sourire au glas

Lorsqu'on a la conviction d'affabuler davantage

Sombrer et moisir dans le vide béant

L'existence seule est odieuse lorsqu'on fait semblant…

TROMBE DE POUSSIÈRE

Les soleils exotiques ont feuilleté mes yeux

Mes survivances, mes astreintes

Mes nuages frigides et vieux

Les déités m'en sont témoins

J'ai cru tout contenir

Mais me voilà vide

Sans plus me convenir

La vie m'a affranchie

Et façonné tant de mystères

Ce que je voudrais…

…Maintes trombes de poussière

SPÉCULATION

Au littoral d'un infini afflux de rires

Je t'ai aimé ; j'ai chaviré

Comprends-tu Amour ? J'ai chuté

Où les astres vont périr

Mais sur ma conscience, aucun linceul

Sur mes lèvres, aucune douleur

Et moi je préserve mon heur

C'est davantage de toi, je spécule

Comprends-tu, Amour, J'ai chuté

Pourtant l'absolu a sa prédestination

L'amour est unique conviction

Et j'ai dans ma charnière, ton poucier…

LA TEINTE DE MES SOUVENIRS

Aux tangibles criailleries nonobstant ce chaos

M'écoute-t-on pleurer aux cantiques d'oiseaux ?

Les bouquets ne pourraient pas davantage contenir

La teinte réelle de mes souvenirs

Même la géhenne condamnable en rien ne saurait

Rendre imperceptible l'avalanche du vrai…

Merveille MBIP

FUGACES HARMONIES

Alors l'âge mon frère est bâti d'un léger voile

Puis qu'importent ces vies que nous achevons esseulés

Parce que de ces diverses choses frôlées de nos marches

O souveraineté, colombe, ne sourions-nous pas

Malgré cela, ce vergne, vif, vilipendé

Que le bonheur attend. Ne sourirons-nous jamais ?

Lapidaires fraternités, antipathiques et contorsionnées

Tu demeures cet éclat qui demeure lorsque je pars…

VENT FOU

Embarquer le monde dans son cercueil

Puis si Dieu ; l'inspiration vacille

Embarquer les lèvres vermeilles

Puis ton regard juvénile

Le vernis de mon village

La pénombre ; le jour lorsque l'aurore mange

Les charmes de ceux que je chérissais

Tous ceux qui vivent sans bassesse

Sans rien se dire en se disant

Nonobstant les atrocités, on s'entend

Embarquer sans rien retenir

Tel un courant impétueux sur un soupir…

Merveille MBIP

NAUFRAGE

Cette terre adroite où les relents dévêtus

De cet univers atone par le vent enseveli

S'effondrent puis frugalement naviguent.

Où je me pause ;

Où subtilement le corps est auréolé de roses

Les jambes dans l'escarbille

La feuille dessous mon poucier

O lèvres âpres, je sais que vous êtes mon chandelier…

SOUS DES RACINES EFFROYABLES

Les prospectus s'évaporent

Et au loin, je m'endors

Ici, sous des racines effroyables

En rêve, je les rassemble

Je suis proscrite

Fugitive éblouie

Tout au chevet des arbustes

Je rejoins la vie…

INFLEXION

Non ! Les inquiétudes ne dompteront

Jamais mes traces

J'ai assez palpité pour avoir peur

Assez gémi pour n'avoir pas

Rompu les yeux lorsque agonisent les tiers

J'ai succombé plusieurs fois

Été leurrée par assez de limbes

Pour ne pas acquiescer mes convenances

Et ceux qui, mon estime patronnent

J'ai assez geint pour ne pas pouffer

Assez désiré être protégée

Pour ne pas choisir de hurler

À craindre l'inflexion des carnassiers

Assez sondé mes collapsus

Pour ignorer mes tonus

J'ai sondé mes souffrances

Pourtant j'ai des fins jusqu'à la charpente

Puis dans l'antre de mes affres

Où se vautrent les aspics

J'ai lâché là, cette silhouette flapie

Aller sillonner d'autres cauchemars

Parce que dans la puberté de l'aurore

Ici sous mon giron de « croque-vipère »

Nonobstant leurs cris et calamités

J'ai préservé ma gaieté…

AMNÉSIE

Je ne reconnais plus la peinture du ciel

Je ne reconnais plus la fragrance du réel

Là-haut dans le ciel, le soleil périt

Mais qui pour s'en souvenir, je plie

Il file, s'éloigne et moi je continue à admirer le néant

À l'instant qui me parcellise, prisonnière de la discrétion…

FLEUR-TOXINE

Le désespoir des strates fluviales

Désertiques ; ta main céleste

Dissimule mes obstacles

De la larme coagulée sur la rose triste

L'oiseau braillard dans les branches

Ne distingue plus ces abîmes

Nous sommes solitaires. Rien ne sèche

Ton bécot d'anges, ma fleur-toxine…

RÊVE ÉBAUCHÉ

De tes métaphores remarquables, j'ai cru la terre orner

Raviver mes illusions. Alors sans te partager

J'oscille sur le ciel, folle pèlerine

De quoi amour âcre, suis-je la médiatrice ?

Tes mirettes azuréennes dorénavant sous tes rêves pâles

Nos cendres radieuses paraissent celles des annales

Il fut un instant ô ma belle opiacée !

Ce plaisir quasi effectif, d'illusions qui s'étreignaient

Le crépuscule a remis sa capote frayeur

La chimère a retiré sa fine lueur

Un peigne, un kimono terne, l'autel de chevet

Un cœur amoureux d'un rêve ébauché…

NOTICE PERDUE

Le geyser s'est assaini, j'ignore comment bramer

Dans mes mirettes flétries, tout est mort

Suppose-t-on voir une minute mes iris barioler

Ce ne sont que sueurs, marbrure de mon regard

Mes mains sont bloquées, j'ignore comment offrir

Doigts repliés, paumelles lyophilisées

Fallacieuses poignées que j'offre autour

Courtoisie utopique, je ne dis plus bonjour

Mon cœur s'est avili, j'ignore comment aimer

Il a perdu son poids, décrépi de ses appétences

Désorienté de son néant, reclus par l'incertitude

Stérile langueur, abyssal naufrage…

Merveille MBIP

ASTRES FLÉCHIS

Un astre périt chaque jour

Et les comètes s'échouent

Un bouquet fane chaque jour

Un lépidoptère sur le sol courbe

Un poucier plein d'océan

S'en remue, stérile, au néant

Tout pourrait chaque jour mourir

Les astres et ton souvenir

Aussi est-il infernal, odieux et transi

D'avoir dompté ces astres fléchis

Et de me tenir à côté de toi

Comme si le vide n'existait pas…

PAS TROP PRÈS DE MON CERCUEIL

De la senteur d'une fleur. Des rejets des ramés
Ne laissez pas mon cœur, des oiseaux s'écarter

Ne lui permettez pas d'ignorer les narcisses
L'aurore lorsqu'il scintille

Le saurien inactif au-dessus d'un galet ardent
L'altesse papillon livide aux ocelles verdoyants

Empêchez-le d'ignorer la renaissance
La faune et l'aube en diaprure sur l'étang

La rangée des fourmis, le cri du chevreuil
Eloignez un peu mon cœur de mon cercueil…

DÉSESPOIR

Réalises-tu pourquoi

Dans l'immense grimoire contrit

Lorsqu'il n'y a plus à lire

Il n'y a plus d'espoir ?

Lorsque, atone est tout euphémisme

Sans que rien ne ranime

Ton tréfonds héroïque

L'existence fléchit

Lorsque l'ultime poème

Perd tous ses aphorismes

Lorsque le grimoire clôt

Que le chaos

Ne veuille plus

Déployer sa plume

Qu'elle soit nette ou funèbre

Notre ange sédimentaire…

UNE VIE D'AILLEURS

Autre part, la vie est charmante ; charmante à en crever

Cependant moi, je suis éloignée d'elle

Envie de m'en remémorer

Des effluves océanes ; du pays paralysé et morne

Mais qu'y peut un môme en sanglots sur la lune ?

Merveille MBIP

DÉTRITUS

Rien qu'une pensée, certaines requêtes

Puis les émotions envahissent ma tête

Puisse-t-il être saint, celui-là qui observe

Le bouquet éclore entre ses pouces

La bestiole respirer entre ses lèvres

Puis un soleil dans ses rêves…

À L'ACMÉ DE L'ABÎME

Des guerriers sous la voûte

Nuitamment se défient

Lorsque l'existence s'abrite

À l'acmé de l'abîme

Des hurlements et des incursions

Des trombes de munitions

Comme la peste hautaine

À l'acmé de l'abîme

Des alliés, des frères

Se massacrent et succombent

Concilient leur aigreur

À l'acmé de l'abîme…

Merveille MBIP

MER ALTÉRABLE

Connais-tu à quel point l'univers

Est hâve pour le bouquet sur la mer ?

Un jour, il a été lancé. On prétextait s'aimer

Nous prétextons tellement de choses qui n'aboutissent jamais

Proviennent alors nos chuts forcenés, loin d'ici transportés

Tandis que tout par la vie « s'estompe rattrapé »

Le bouquet nous a vomis dans ce jour oisif

Nous a limogés. Présager le définitif

Qu'a-t-elle chuinté alors que nous ramions

Dans la mer autant altérable ; admettre que nous nous aimions…

ATARAXIE

Puis il se tait, l'instant où tu

Nous rattrapais proche du chemin

Ces instants que sont-ils devenus ?

Eux qui ratifiaient nos pouciers de satin

Qu'il me parait creux, cet instant

Imprécis, dorénavant frimas

Nous fûmes de ces palmipèdes exsangues

Dans les buées qui se fourvoient

Nous fûmes ; cependant la bise percée

A dissocié ceux qui s'aimaient

Et m'a, cette ataraxie dédiée

Plus jamais, je ne te toucherai…

VIDE

Alors qu'en moi tout se lamine

Je crains que tu me magnifies

Entre mes pouciers de cyprée

Lesquels apparats déclarent l'amour démesuré

Mais après ces ultimes bribes

Dans mon tréfonds, tu es parti…

RÉSURGENCE

La voûte était ravissante et la beige accrue

Parmi certains morceaux d'herbe était mon absolu

J'observais les flux empoigner les radeaux

Empoigner les argonautes et les amours sans mots

Enfin l'existence paraissait dénicher entre les lames

Cet ordre qui finalement peut anéantir les larmes…

AURORE ÉTIQUE

Venant sur terre sur un sentier d'Afrique

Ayant pour unique rengaine cette aurore étique

Une Congolaise anémiée palpait les dunes

Ne disposant de rien ; mais comme elle était hautaine

L'univers fut partout inconcevable

Cependant son poucier sur ma joue fut de l'ivraie affable…

BOUQUET DE SOUFFRANCE

L'existence est une pénéplaine qui porte ses ammophiles

Certains lépidoptères crayeux et c'est déjà le crépuscule

Un autre bouquet de souffrance, une autre sentence de toi

D'emblée nette, avérée puis que l'on omettra

D'abord un lépidoptère, puis des multitudes de phalènes

Ils expirent dans nos bras et inondent la pénéplaine…

Merveille MBIP

SCEAU DANS LE SOUFFLE

Lividement, j'espère que tu me discernes

Le froid et la chaleur et que la vie revienne

Tu me feuillettes alors que je t'appelle

Sceau dans le souffle ; cependant ne sommes-nous pas irréels ?

FUMÉE RAVAGÉE

C'est le spleen qui a paralysé le monde

Je vivote où tu vas

Cependant pas une seconde

Sans que sur l'arrière-plan,

Ta vie n'use de ce duvet

De l'oiseau truand qui ravage la fumée…

Merveille MBIP

FLOT OBSCUR

Somme toute, c'est toi que tu outrages

Toi que tu plombes dans le large

L'inquiétude et le deuil vivotent

Personne ni rien ne poireaute

Somme toute, c'est toi que tu blesses

Dans ce flot obscur, l'univers est superflu

Tu as trop présumé, aimer ne renonce

De nous anéantir au bout…

PÉTALE ÉCHOUÉ

Qui est au courant du fait que je les défends

Les pétales qui échouent sur l'or blanc

Le rictus bilieux du fuyard

Puis les astres dans mon boulevard…

Merveille MBIP

RAISON PERDUE

Au *cui-cui* des taupes grillons et des crapauds volants

J'ai largué mes oraisons effacées par l'Aquilon

J'ai au mutisme permis d'auréoler l'apogée

D'un arbre qui s'amplifie pour défier l'abîme

J'ai octroyé aux astres et à la Galaxie

Ce qu'était ma raison ; à force de spéculer…

SAPIENCE PERDUE

Tout caquetage, tout silence

Le paradis a perdu sa sapience

Lorsque tout ceci doit se délayer

Et ne demeurer qu'ambiguïté

Délaisse sur mes restes

L'effigie de ta vénusté parfaite

Laisse le ciel au lieu morne

Parce que vivre est l'esthétique du monde

POSTFACE

De la réminiscence. C'est l'impression que j'ai éprouvée en tombant sur les vers qui constituent l'ensemble de ce recueil portant bien son titre : *Saveur de mes Larmes*. Car à travers ce chemin, on est au carrefour du déjà-vu et de la réinvention de l'écriture à travers une liberté structurale de la langue poétique. Il suffit juste de choisir son emplacement pour admirer ces paysages riches en couleurs, ces images en 3D, ces expressions quasiment oubliées et ce torrent de larmes tirant sa source dans l'âme de l'auteure. Le tout, sous une forme d'élégie qui ferait penser à Lamartine ou à Marceline Desbordes-Valmore. L'exemple n'est d'ailleurs pas impromptu ! On s'imagine que tous ces poèmes de cœur sont adressés à un unique homme, une unique personne dont l'absence ou la disparition créée ce chaos qui donne aux choses des formes indécises.

Le long de ce sentier au goût de doux-amer, se cacherait certainement une histoire d'amour interrompu. Quelle qu'en soit la manière, Merveille MBIP en est restée insatiable. D'où sa recherche de l'amour-vrai, du bien-être et la vie qui semblent n'être plus qu'un simple Supplice de Tantale. C'est d'ailleurs la quintessence de son œuvre !

De la magie. On m'aurait dit qu'un jour, je me plierai à cet exercice de sublimer ce recueil de cette poétesse en devenir que j'ai toujours qualifiée de « *ma préférée* », j'aurais cru à une arlésienne tant de telles créatures deviennent rares de nos jours : un phénomène. Mais, la magie de l'écriture et le fait qu'elle parvienne à cogiter des idées approximatives aux miennes dans l'espace, a donc matérialisé cette croyance et ce rapprochement. Voir une jeune dame s'adonner aussi aisément à la poésie tout en maitrisant les codes n'est plus une réalité contemporaine face à l'invasion des réseaux sociaux et leurs corollaires. J'en ai été séduit !

À travers ce premier coup d'essai qui apparait comme un coup de génie, Merveille MBIP vient dire au monde sa part du merveilleux comme son prénom. Un univers où elle exhorterait aux lecteurs de s'adonner à l'unisson aux *Jeux Intangibles* afin de jouir comme elle de la liberté malgré les circonstances :

« Je suis venue de l'air dans un espace d'intempéries

Sur terre, j'ai vécu d'une existence rébarbative » (in *Prisonnière*).

Dans ce recueil, Merveille MBIP invite tous ceux qui ont des cœurs réduits en charpie d'être des potiers pour en rafistoler le *substratum*. Elle en appelle à la combativité existentielle.

« J'ai l'énergie combattante. En moi un dieu d'orage

A des compétitions d'alternance que rien ne disculpe » (in *Condamnation*).

Ainsi, la poétesse ne raconte pas l'autre qui se découvrirait aisément à travers ses vers, mais elle se dénude et se raconte elle-même. Ce qui fait que chaque poème, chaque strophe ou chaque vers la montre dans tous ses tourments, ses luttes internes, les fourvoiements de son âme et sa volonté de transformer l'univers en un grand jardin d'amour où fleuriraient les pétales d'espérance. Car pour elle, le monde porte maintenant des teintes mornes et grisâtres. Il est jonché de *Détritus*, de *Désespoir,* plane dans le *Vide* ou tangue dans un *Flot obscur* qu'elle songe parfois à une *Vie d'ailleurs.*

« Afin de me soustraire à l'aigreur

À la cruauté et à l'altération (...)

..

*J'ai **émigré** vers la lumière*

Vers le jour à l'horizon

………………………………………………

J'ai pour flambeau l'Univers… » (in *Mon Flambeau*).

Avoir la primeur de présenter Merveille MBIP aux yeux du monde à travers ce recueil est un acte existentiel. Elle a un bâton magique pour transformer le monde en Jardin d'Eden et est l'espoir de ce mode d'écriture qui ferait l'effet d'onde de choc à la léthargie du genre dans ce domaine encore masculinisé dans nos périmètres.

Armand Henri-Gelase Bouckethy

TABLE DES MATIÈRES

PRÉFACE 11

LUEUR INCONTINENTE 15

FLAGRANCE D'AGONIE 16

DESCENDANTS DES NUITS D'INCERTITUDE 17

PRISONNIÈRE 18

JEUX INTANGIBLES 19

VASTE ERRANCE 20

MORCEAU D'ÉMAUX 21

CONDAMNATION 22

RÊVES ORPHELINS 23

MON FLAMBEAU 24

DES RÊVES ET DU TEMPS 25

SOLEIL DES LOUPS SEMPITERNELS 27

SAVEUR DE MES LARMES 28

SANGLOTS DES FEUILLES 29

SOUS LA BRUME 30

ARDEURS TRANSITOIRES 31

CIRCONVOLUTION 32

GOUFFRE FUYARD 33

FROIDEUR 34

À L'ARRIÈRE-PLAN D'UNE TOILE 35

TROMBE DE POUSSIÈRE 36

SPÉCULATION 37

LA TEINTE DE MES SOUVENIRS 38

FUGACES HARMONIES 39

VENT FOU 40

NAUFRAGE 41

SOUS DES RACINES EFFROYABLES 42

INFLEXION 43

AMNÉSIE 45

FLEUR-TOXINE 46

RÊVE ÉBAUCHÉ 47

NOTICE PERDUE 48

ASTRES FLÉCHIS.. 49

PAS TROP PRÈS DE MON CERCUEIL 50

DÉSESPOIR 51

UNE VIE D'AILLEURS 52

DÉTRITUS 53

À L'ACMÉ DE L'ABÎME 54

MER ALTÉRABLE 55

ATARAXIE 56

VIDE.. 57

RÉSURGENCE 58

AURORE ÉTIQUE.. 59

BOUQUET DE SOUFFRANCE.................................... 60

SCEAU DANS LE SOUFFLE 61

FUMÉE RAVAGÉE 62

FLOT OBSCUR 63

PÉTALE ÉCHOUÉ 64

RAISON PERDUE.. 65

SAPIENCE PERDUE 66

POSTFACE 67